LES PAROLES

DU VAINCU

C.

LES PAROLES

DU

VAINCU

PAR

LÉON DIERX

PARIS

ALPHONSE LEMERRE, ÉDITEUR

47, PASSAGE CHOISEUL, 47

—

1871

LES PAROLES

DU VAINCU

I

Tu rêvais paix universelle!

Tu disais : « Qu'importe un ruisseau?

Pourquoi le globe qu'on morcelle?

La terre immense est mon berceau! »

A présent, tu dis : « Hors la gaîne,

Le glaive à deux mains des aïeux!

Hors des cœurs, le sang furieux!

Et vous, autour de notre haine,

Rangez-vous, impassibles Dieux! »

II

Ils tombèrent, enfin, ces braves!

Par blocs massifs aux trous béants.

Le soir vint grandir ces géants,

Ces vaincus effrayants et graves!

L'un surtout, son buste d'acier

Droit sur l'arçon, semblait attendre!

La nuit, on croit toujours l'entendre;

Car la mort n'a point osé prendre

Son âme, à ce grand cuirassier!

III

Ceux de l'Argonne et de Valmy
Sont vêtus de pourpre éclatante.
Ils souriaient, fiers, dans l'attente,
Nous criant : Sus à l'ennemi ! —
Mais toujours passaient les Barbares !
Et les vieux sonneurs de fanfares
Criaient en vain : « Debout ! les Morts !
Redonnez-nous, ô Dieux avares !
Du sang qui coule dans des corps ! »

IV

Dans les soleils couchants je vois

Des ruines au nom sonore,

Dont la gloire sur nous encore

Flambe, et croule, comme autrefois!

Dans les soleils fondants j'admire,

O Paris! les reines d'orgueil.

J'ouvre, éperdu, longtemps, mon œil.

Et je vais, criant, l'âme en deuil :

Ninive! Ecbatane! Palmyre!

V

Plus d'une fois, ta noble épée,

O Patrie ! a, de son revers,

Quelque part, fait tomber leurs fers !

De ton sang fraternel trempée,

Plus d'une plaine était en fleur,

Où l'on riait de ton malheur !

Ah ! pour que rien ne te flétrisse,

Toi, l'unique Libératrice,

Oublie aussi ; pardonnons-leur !

VI

Vous, enfants, conçus dans l'année
Aux ciels éclaboussés de sang!
Fils des veuves au lait puissant!
O vous, dont l'âme est condamnée
A rêver de meurtre en naissant!
Irritez nos soifs éphémères!
Répétez-nous les cris perdus
Que dans le ventre de vos mères
Vous jetaient les mourants vaincus!

VII

Un long fantôme avec la nuit
Revient, angoisse inévitable!
Un spectre illustre, à chaque table,
S'assied muet. Son sang reluit!
Un grand linceul, au coin des bornes,
Barre la route au citoyen!
Dans chaque rue un être ancien,
L'aïeule auguste, aux grands yeux mornes,
Nous suit dans l'ombre, et ne dit rien!

VIII

Qu'ils sont gras, les corbeaux, mon frère!
Les corbeaux de notre pays!
Ah! la chair des héros trahis
Alourdit leur vol funéraire!
Quand ils regagnent, vers le soir,
Leurs bois déserts, hantés des goules,
Frère, aux clochers on peut les voir,
Claquant du bec, par bandes soûles,
Flotter comme un lourd drapeau noir!

IX

Dévore la honte et l'outrage !
Ne dis plus, toi, le fils des preux :
« Ces renards étaient trop nombreux. »
Tais-toi ! Couve en ton cœur ta rage !
Attends ! prépare, un jour, pour eux,
Sans répit, l'heure expiatoire.
Laisse-les nous voler l'histoire,
Ces porteurs d'étendards affreux
Déshonorés par la victoire !

X

Sous la lune au sanglant brouillard

Court la nature ensorcelée.

— Tu regardes dans la vallée ;

Que vois-tu ? dis-le-nous, vieillard !

— Le vétéran dit : « Je regarde

Ces peupliers rangés là-bas !

Je crois revoir la vieille garde,

Haute et droite, avec la cocarde,

Courant au nord, pour les combats ! »

XI

Battez le fer, ô forgerons !

Pour y pendre un jour leurs entrailles !

Fondez le plomb pour les mitrailles,

Quand, un jour, nous les chasserons !

L'odeur des morts emplit la brume.

Dans la plaine et sur le coteau

Que l'espoir sacré se rallume !

Que la vengeance soit l'enclume,

Et la haine, le dur marteau !

XII

Car là-bas, en riant de nous,
Ils font sonner leurs lourdes crosses ;
Car là-bas, sous leurs mains atroces
Ils ont mis nos sœurs à genoux !
Ah ! l'honneur est un mort rebelle
Qui dort trop mal pour rester coi !
Il n'attend pas qu'un Dieu l'appelle.
N'entends-tu rien, mon frère, en toi,
Qui hurle : « Allons ! réveille-moi ! »

XIII

Le vent qui passe nous apporte
Un bruit de fifre et de tambour.
Il ne nous parle plus d'amour,
Le vent qui souffle à notre porte !
Le vent qui chante vient du Rhin
Où rit et boit le Hun rapace !
Il poursuit en mer le marin,
Sous le ciel clair, ou sous le grain,
Le rire affreux du vent qui passe !

XIV

Dans les aurores, les vois-tu,

Montrant, l'une, sa noire flèche,

L'autre, ses murs toujours sans brèche,

Nos deux sœurs, ivres de vertu ?

Les vois-tu sortir dans l'aurore

Des bras dénoués du Germain,

L'une, allongeant sa maigre main,

L'autre, vierge farouche encore,

Nos sœurs, après l'horrible hymen !

Imprimé

LE 5 OCTOBRE MIL HUIT CENT SOIXANTE-ONZE

PAR J. CLAYE

POUR A. LEMERRE, LIBRAIRE

A PARIS

9 782019 247355